L'ORPHEE GROTESQVE,

AVEC

LE BAL RVSTIQVE.

EN VERS BVRLESQVES.

PREMIERE PARTIE.

A PARIS,

Chez Sebastien Martin, ruë S. Iean de Latran,
prés le College Royal, deuant S. Benoiſt.

M. DC. XLIX.
AVEC PERMISSION.

L'Imprimeur au Lecteur.

L'Orphée a tant paru dans le ſerieux qu'il peut donner curioſité de le voir dans le Burleſque ; auſſi le plaiſant perſonnage qu'il fait quand il ſe plaint en muſique de ſon veuuage, & celebre les obſeques de ſa femme auec ce merueilleux inſtrument, au ſon duquel il fait dancer tout ce qui rencontre, donne vne idée aſſez riſible pour meriter qu'on le dépeingne en vn ſtile qui l'eſt auſſi. C'eſt pourquoy l'Autheur prend cette Fable par où elle commence à eſtre plaiſamment biſare : Ce qui luy donne occaſion de déguiſer quelquesfois, & amplifier cette fiction par des circonſtances groteſques pour la rendre plus ſortable à des vers face-tieux. Quoy que cette piece ſoit vn des premiers ieux de ſon eſprit, ou ie ſçay qu'il ne voudroit pas s'amuſer à preſent ; des plus connoiſſans me font croire qu'elle peut plaire aux plus difficiles & diuertir les plus ſerieux. Si elle plaiſt dans le public comme elle fait dans le particulier, ie puis dire que ce ne ſera pas la premiere de luy qui aura eſté bien receuë.

L'ORPHEE GROTESQVE,
auec le Bal ruſtique.

En vers Burleſques.

VN Violon yure à ſa Feſte
La nuiĉt m'a tant rompu la teſte,
M'a tant laſſé dans mon grabat
Par ſa muſique de ſabat,
Qu'en dépit de ſa ſerenade
Dont i'ay l'oreille encor malade,
Ie peins d'ancre & non de couleur,
Ce Meneſtrier de malheur,
Qui ſonnoit pour feu ſa Donzelle,
Sur ſa lyre en forme de vielle,
Donzelle morte à ce qu'on dit,
Par vn lazard qui la mordit,
Et chantoit non l'epitalame,
Mais l'epitaphe de ſa Dame:
Mal damée ayant mal taſté
Des droits de la communauté.

Orphée en l'Infernale blouze,
Auoit reclamé ſon eſpouſe,
Gazoüilé mieux qu'vn Roſſignol,
Et par Becare, & par Bemol,
Sa chanſon plaiſante & plaintiue,
Pitoyable & recreatiue,
Qu'il fredonnoit faiſant pitié
En enfant de chœur chaſtié
Qui chante & pleure tout enſemble,
Et mieux fredonne plus il tremble;
Ce chanteur auoit enchanté
Cerbere auec ſa parenté,
D'accord auec Pluton le fourbe,
De repaſſer la noire bourbe;
Luy le premier, ſa femme apres,
Sans la guigner de loing ny pres,
Que hors la frontiere Infernale
Où de la voir trouſſer en malle;
La pauurette elargie enfin,
Il croyoit joüer au plus fin,
Mais ſon œil tourné par molleſſe
Le fait joüer au tire-laiſſe,
C'eſt à ce beau ieu qu'il repert
Sa dône repriſe ſans verd;
Elle à beau crier ie ſuis morte
Cependant qu'vn Lutin l'emporte :
Luy ſans voix, ſans poux, ny couleur,
N'en oſe crier au voleur;

Et

Et pour la prendre à la main gourde
L'oyant dire, adieu hapelourde,
Qui laisses ta femme au cachot,
Pluton t'a bien pris pour vn fot,
Il te sied bien auec ta vielle,
D'oser joüer de la prunelle,
Tu vois trop clair pour vn vielleur,
T'on regard me porte malheur,
Maudit soit l'œil, foin de l'œillade,
Foin de.. cependant l'Ombre euade
Et paroist à ce veuf transi,
Vne larue d'air espaissi;
Luy la court iusqu'au guichet sombre
En chien qui veut gober vne ombre,
Sans luy pouuoir prendre à taston,
Poil, ny peau, gorge ny manton:
Apres auoir couru l'auerne
Sans trouuer auberge ou tauerne,
Il sort de là comme d'vn four,
Et gaigne vn bois pour fuir le iour,
Trop contraire à son noir desastre
Qui fait choir en Enfer son astre;
Ce veuf plus penaud ce dit-on,
Qu'vn des quinze-vingts sans baston,
Ou qu'vn Pelerin en disgrace,
Qui perd escarcelle ou besace,
Tout effaré, tout ahury
D'estre aussi-tost veuf que mary:

B

Et deux fois veuf en moins d'vne heure
Il en ſanglotte s'il n'en pleure,
Perdant ſa femme il perd ſon dot,
Et la perdant il eſt plus ſot,
„ Qu'vn autre n'eſt ſot d'en prendre vne
„ Quand elle ſe rend trop commune,
La deffunte qui l'a quitté
Le rend tout deſorienté,
Quoy que *** rie en l'ame
De ſe voir deffait de ſa femme ;
L'aſſaſſin amant de Procris,
Fit moins de vacarme & de cris,
Que noſtre homme dont la beueuë
Occit ſa belle auec ſa veuë :
Il a beau crier, deſgoiſer,
Au diantre qui vient l'appaiſer ;
L'eſcho ſe pleint d'eſtre eſtourdie
De ſa criarde melodie ;
Car plus il crie, elle en glapit
Et luy rend ſes cris par dépit :
Sa plainte joüant de ſon reſte,
Il maugrée, il fulmine, il peſte,
Maudiſſon, injure & iuron,
Contre Pluton, Parque & Caron,
Et male peſte, & male boſſe
De l'eſpouſaille & de la noce ;
Mais il ne s'en prend deſormais
Qu'à ſa barbe qui n'en peut mais,

Et s'arrachant ſa heure fauue,
De male rage deuient chauue,
Ce n'eſt plus vn veilleur dolent,
Il croit eſtre vn fougueux Rolland :
Et dans ſa fougueuſe eſchappée,
Prend ſa vielle pour vne eſpée,
Prenant les arbres les plus verds
Pour de noirs ſpectres des enfers ;
Il bat , cogne , heurte & martelle,
La foreſt à grands coups de vielle,
Qui laſſe de maint horion ,
Voudroit eſtre aux mains d'Arion :
L'atrabile où ſon cœur ſe beigne,
Tueroit deux Merciers pour vn peigne
Et dourderoit le ſieur Pluton
De ſa lyre au lieu de baſton,
Dans ſa rage vne faim canine
Eſchauffe encor l'humeur mutine ;
Si bien , que cette eſchaufaiſon
Luy donne aux mains demangeaiſon :
,, Parce que tant moins les gens mangent,
,, Et tant plus les mains leur demangent,
Iugez ſi ſa rage en Enfer,
A trouué dequoy s'eſchauffer ;
Car chez Pluton & Proſerpine
Tout eſt froid horſmis la cuiſine,
Il vient de ce maudit païs
Où les goinfres ſont eſbahis,

D'vne seiche & maigre contrée
Où nul vin ne paye d'entrée,
Où pain mol, ny dur, blanc ny bis,
Pié fourché, vache ny brebis,
N'y croist non plus que le fruictage,
Où l'on ne voit pot ny potage:
Là s'estant fait sur son haut ton,
Le gosier sec comme coton,
Le foye & le poulmon aride,
Le cerueau creux, le ventre vuide,
Ce fol & sa folie enfin,
Estoient deuorez par la faim,
Pire que l'Orque d'Andromede
,,Si par hazard qui souuent aide,
,,Les fous, comme les estourdis,
Il n'eust vû d'vn salmigondis,
Reliquat d'vn banquet de faunes
Qui ronfloient yures sous des aunes;
Cét affamé Menestrier
Mangeant sans se faire prier,
Eust pû de rage & de famine,
Manger Pluton & sa cuisine:
La soif fit à ce pauure escroc,
Vuider, presser, succer vn broc,
Et destramper de vin la lie
De sa noire melancholie.
Qu'est deuenu ce pauure veuf,
Heurlant en chien, meuglant en bœuf,

Et,

Et ses maturines tranchées
Contre hure & barbe arrachées;
Son mal trouue vn fleuue d'oubly,
Au vin Grec plus fort que chably;
Apres cette franche lipée
qu'il vient de prendre à la pipée,
Adieu le veuuage & l'ennuy;
Il est changé ce n'est plus luy,
Vn veuf saoul ne songe qu'à rire,
Et chante mieux qu'il ne soûpire:
Ce bon repas fait au profit
Du Menestrier déconfit,
Il esbat sa panse fourée
A trauers bois iusqu'à l'orée,
Chante & met sur *geresolut*,
Sa vielle qui fringotte en lut;
La trouppe de faunes qui ronfle,
Vray tas d'outres que le vin gonfle,
A ce chariuary charmant
Dance quasi tout en dormant;
Desia ce trouppeau s'entre-cogne,
Parmy ses S S & pas d'yurone:
Et ces bouquins de baladins
S'en vont sauter comme des dains.
Ho, ho, le beau remumesnage,
Tout est meuble en ce bois sauuage;
I'ay la berluë ou i'apperçoy
Qu'Orphée attire tout à soy.

Sa ſuite eſt de maſſes mouuantes,
De rochers, de troncs & de plantes,
Ie m'en r'apporte au grand Nazon,
Et n'ay pas tort s'il a raiſon ;
On croira le fait que ie gloſe,
Si l'on croit la Metamorphoſe :
Tout dance au ſon de ce Concert,
Les Danceurs peuplent ce deſert,
Voyez-vous ce Roç qui dandine
Et prend vne ame baladine,
Il danſe à la mode par bas,
Et dance quaſi les cinq pas,
Ces vieux pins à branches pourries,
Veulent dancer les cannaries :
Auſſi dancent les arbriſſeaux,
Les taillis, ballent par faiſſeaux ;
La ſouche que la *lyre attire*,
Suit le tronc qui *tire à la lyre*
L'herbe fait voir à fretiller
Qu'vn fredon la ſçait chatoüiller :
Voyez, voyez, comme la mouſſe
De rauiſſement s'entremouſſe,
Et vous, champignons, potirons,
Qui ſautez ſur vn pié tous ronds
Venez-vous payer en gambades
Ce rauiſſant donneur d'aubades,
Voy-ie pas le gaillard buiſſon
Treſſaillant d'aiſe à ſe beau ſon,

Mener la haye sa parente
En branle bourée & courante,
Quoy la bruiere au corps leger,
Semble en gauotte voltiger.
Ce halier mesme se debande
Pour s'esgayer en sarabande,
La broussaille dance par haut,
La ronce à l'enuy va par saut,
La griesche ortie en cadence,
Fait voir que tousiours va qui dance;
Le houx & son cousin chardon
S'emillent à chaque fredon,
Lors qu'vn Asne ayant le cœur fade
Cherche le chardon pour salade:
L'Asne estonné du Bal nouueau,
Ne trouue point en son cerueau,
La raison de cette merueille,
Et son bel instinct luy conseille,
D'auertir ses parens grisons
Qui broustent dans leurs garnisons;
A cette nouuelle azinique
Vn gaillard esguillon les pique,
Et iusqu'au moindre asne est tenté
De cette curiosité.
L'asne semonneur de la feste
Comme guide marche à la teste:
Cheuaux, mulets, rosses, poulins,
Grands & petits, beaux & vilains,

De races poussiues, hargneuses,
Morueuses, retiues, rogneuses,
Tout y courent, le bruit en court,
Aucun bestail n'en fait le sourd,
Chiens de chasse, chiens de cuisine,
Matous, chattes mesme en gesine,
Rats qui suiuent au son les chats,
Souris franches de leurs pourchas,
Sangliers, verats, leurs sequelles,
Beliers, oüailles telles quelles,
Vaches, veaux, genisses, taureaux,
Belettes, renards & blaireaux,
Conils, lapins, levrauts & lievres,
Bouquins, cornus, chamois & chevres,
Cerfs, dains, chevreuls, biches & fans,
Licornes, chameaux, elephans,
Rinocerot masle & femelle
Et sa ventrée à la mammelle,
Leopards, tigres, ours, lyons,
A centaines de millions,
Monstres, centaures, hipogriffes,
Orques tous gueules & tous griffes,
Ceruolans & dragons ailez,
Sarpaious, magots, culs pelez,
Tous pecores, tant lourds qu'alaigres,
Fins, grossiers, secs, pesants, gras, maigres,
Noirs, blancs, verds, gris, clairs, bruns & rous,
Gentils, laids, feroces & doux,

Tous

Tous brutes, priuez & fauuuages,
Quitent niches, trous, pafturages,
Se fentant chatoüiller de loin
L'oreille d'vn plaifant tintoin ;
Argus qui court apres fa vache
qu'il laiffoit paiftre fans attache,
Pris par l'oüye aimeroit mieux
quatre oreilles que fes cent yeux :
Il n'eft pas iufques à la taupe
qui fort de fon trou noire & gaupe,
Et faute aueuglette chantant,
qui ne voit ce vielleur l'entend.
La beftialle compagnie
Defia trepigne à l'armonie,
Plus ils s'y viennent amorcer
Et mieux les fait elles dancer ;
Si le fonneur m'euft voulu croire
De les faire dancer en foire,
Il auroit plus gaigné de fous
Qu'Auberuilliers ne vend dechous.
Ce bouffon de foire qui trolle,
Son chien prefte à joüer fon rolle ,
Perdroit fon honneur & fon chien
Aupres du fçauant muficien,
Qui fans leçon inftruit ces beftes
A frifer de culs & de teftes,
Le finge ny l'efcurieux
Ne s'y tient fur le ferieux,

Leur agilité fretillarde
S'accorde à dancer la gaillarde.
Là l'elephant, le bœuf & l'ours
Ne paſſent pour lourds ny balourds,
Quant aux legers c'eſt vn prodige,
Le chat volle, & le chien voltige,
Saute crapaut, dit le ſerpent,
Qui bondit & n'eſt plus rampant ;
Et le verd lezard qui ſautille
Donne bon exemple à l'anguille,
La grenoüille à menus gigots
Donne leçon aux eſcargots,
Voyez fretiller la tortuë
Qui dans ſon eſtuy s'euertuë ;
En ces baladins animaux,
D'eſcrire leurs ſauts ſoubreſauts,
Vireuouſtes en giroüettes,
Et tournoyemens en piroüettes,
Leurs capriolles antrechats,
Melanges de ſauts & de pas,
Leurs poſtures, tours de ſoupleſſe,
Leur agilité, grace, adreſſe,
C'eſt pour vous creuer de plaiſir
Pour quand ie ſeray de loiſir,
Sans que ce recit m'incommode ;
Chaque beſte balle à ſa mode,
Il n'eſt là d'animal ſi fier,
qu'aucun s'en doiue deffier,

La lyonne aupres de la mule
Perd sa rage ou la dissimule,
Le lyon, gambille en bichon,
Le bœuf dance auec le cochon,
L'ours, donnant la patte à la biche
La mene sans luy faire niche,
Le cerf & le limier voisins
A baler deuiennent cousins,
Brebis dançant hoche la teste
Au loup qui saute & ne s'enqueste,
Les rats vont à l'escole aux chats
Pour aprendre des entrechats,
Le renard sautille sans noise
Prés la poule qui s'apriuoise,
Et la poule entre ses poussins,
Bale auec l'aye & marcassins,
Antipatie ou difference
Ne les met point hors de cadence,
Ces pagnottes qui font les preux,
Et sur le pré sont des fievreux,
Là tous accordez auec ioye
Passeroient leurs chaleurs de foye,
A des accords si delicats
qu'ils ont accordé chiens & chats.
Tout s'y rend sans liurer bataille,
Et le bestail & la volaille;
La vielle est vn piege aux oyseaux
Plus seur que glus ny que raiseaux,

Le plus fort ny bat que d'vne aile,
Laiſſe faire à la fine vielle,
Qui les met tous dans le pa neau,
L'aigle auſſi bien que l'eſtourneau:
L'autour auſſi bien que ſa proye,
L'eſperuier auſſi bien que l'oye,
Le faucon & le guillery,
Le duc & la chauue-ſoury;
L'orfraye auecque l'aloüette,
Le gerfaut auec la choüette,
Laid hibou, ioly chardonnet,
Triſte corbeau, guay ſanſonnet:
Beau cygne, vilaine corneille
Viennent ſangluer par l'oreille;
Oyſeaux, habitans paſſagers,
Doux, farouches, lourds & legers.
Oyſeaux babillards, taciturnes,
Oyſeaux ſolaires & nocturnes,
Pris d'vn trebuchet ſi charmant
Font reuerence à l'inſtrument.
Vn gay pris à cette harmonie,
Se perche ſans ceremonie
Sur la teſte du muſicien,
Pour l'oüyr d'vn graue maintien.
En vain ce heron ſe deſpeſche
De porter à ſon nid ſa peſche,
Il s'accroche auec ſon poiſſon
A ce muſical ameçon:

Et

Et lasche son poisson qui saute
Plus haut que la vielle n'est haute,
Pour apprendre aux estropiez
Qu'on peut icy baller sans pieds.
Là, ny rossignol, ny linotte
Ne fredonne ny ne gringotte,
Là, ny caille ny perroquet
N'a plus ny jargon ny caquet.
Pie & cigalle sans ramage
O noble sonneur font hommage :
Et que fait le noble phœnix,
Quand le Soleil d'vn regard fix,
L'a mis sans plumer en grillade,
Ou bien sans gril en carbonade,
La vielle a sçeu le depercher,
Demy roty sur son bucher ;
Ce bel oyseau trouue plus d'aise
A ce concert que sur sa braise.
De tous ces animaux rauis,
Quel oyseau selon vostre auis
Sauoure mieux la melodie,
C'est le rossignol d'Arcadie.
Que cet asne a d'attention,
Qu'il est plein de discretion ;
L'asnesse la plus temeraire
Ne le tenteroit pas de braire,
Tant il est bridé des chansons
Qui charment iusqu'aux limaçons.

E

Ce Roy ſi peu digne de l'eſtre
que rauy d'vn rebec champeſtre,
Il le prefere au violon
Raclé par meſſire Apollon,
Oyroit icy d'autres merueilles,
Guay d'eſtre aſne par les oreilles,
Et riroit de ſon chaſtiment
Aupres d'vn vielleur ſi charmant.
Trouuez-moy vielleur dans l'hiſtoire,
Suiuy de plus belle auditoire,
Il tient par l'oreille attaché
Beſtail acquis à bon marché,
Plus que cent nobles de village
N'en ont en cent ans de meſnage.
Prés d'vn gros bourg de ces quarties,
que ie nommerois volontiers
Du celebre nom de Mandoſſe,
Puis qu'alors il s'y faiſoit noce;
Des pitaux pour s'ébattre aux champs,
Dans leurs ieux & ruſtiques chants,
S'eſtant ſaiſis d'vne eſpouſée,
L'y menoient la courante aiſée,
Où ſa iaquette à brinballer
Mettoit ſon bas d'eſtame à l'air.
Eux attirez dans l'abondance
Des beſtes qui vont à la dance:
Orphée entraiſne ces pitaux,
De leur nature aſſez brutaux

Pour eſtre admis au bal des brutes,
Au lieu de ſaults & cullebutes,
La vielle ſtile ces butords
A battre l'air de leurs pieds torts:
Et forcer leurs lourdes ſtatures,
A de plus alaigres poſtures.
Bref, ces pieds plats ſans y penſer,
Apprennent pour rien à dancer,
Pendant que la groſſe eſpouſée
Fait la cabriolle friſée,
Son homme eſt là fort bien venu
pour bondir comme vn bouc cornu.
Ces ruſtaux en ce Bal ruſtique
Sous qu'ils ſont viuroient de Muſique.
Et tous ſe voudroient marier
Pour l'employ du Meneſtrier.
Le plus fameux d'entre les noſtres,
*** qui fait danſer les autres,
Quoy que mal diſpos à dancer,
Ne pourroit là s'en diſpenſer,
Il n'eſt lourdiſe ou mal adreſſe
Que cette vielle ne redreſſe.
Vvlcain grand patron des boiteux,
Silene Doyen des gouteux,
Sans baſton, bequille, ou potence
Feroient icy rage à la dance.
Vn cagneux pied-bot pied tortu,
Diroit quelle dance veux-tu,

Vn impotent, vn cul de jatte
Par trop bondir feroit cagatte;
Iamais beſtail tant ne dança,
De trente mille mois en ça,
Orphée a la main eſtourdie
Sans voir teſte ou jambe alourdie.
Quoy ces beſtes dancent encor
C'eſt trop, Vacher ſonne du cor,
Bon ſoir le ſonneur licencie,
Le beſtail qui le remercie,
Dans ſa noce on a mal dancé ;
Mais il en eſt récompenſé,
Par ce bal groteſque & ſauuage,
Qu'il fait dancer à ſon veuuage.

Fin de la premiere Partie.

Du quatorzieſme May mil ſix cens quarante-neuf, Permiſſion a eſté donnée à Sebaſtien Martin, d'imprimer l'Orphée groteſque, auec le Bal ruſtique, & la ſuite de l'Orphée : Auec defenſe à tous autres de l'imprimer ou faire imprimer, en quelque volume & caractere que ce ſoit, ny contrefaire ſous pretexte de changer de titre. Acheué d'imprimer le 18. May 1649.

www.ingramcontent.com/pod-product-compliance
Lightning Source LLC
LaVergne TN
LVHW010131060726

842524LV00005B/1858